Serie:

ARTISTAS MINI-ANIMALISTAS

Este libro está impreso sobre **Papel de Piedra**© con el certificado de **Cradle to Cradle**™ (plata). Cradle to Cradle™, que en español significa «de la cuna a la cuna», es una de las certificaciones ecológicas más rigurosa que existen y premia a aquellos productos que han sido concebidos y diseñados de forma ecológicamente inteligente.

Cuento de Luz™ se convirtió en 2015 en una **Empresa B Certificada**©. La prestigiosa certificación se otorga a empresas que utilizan el poder de los negocios para resolver problemas sociales y ambientales y cumplir con estándares más altos de desempeño social y ambiental, transparencia y responsabilidad.

Historia de una Cucaracha

Calle Claveles 10 | Pozuelo de Alarcón | 28223 Madrid | España
www.cuentodeluz.com
ISBN: 978-84-15241-21-8
Impreso en PRC por Shanghai Cheng Printing Company, julio 2021, tirada número 1838-1
5ª edición

Historia de una Cucaracha

Carmen Gil & Sonja Wimmer

Me llamo Anastasia y soy una cucaracha.

Como a todas las de mi especie desde hace trescientos millones de años, me gusta vivir en lugares calientes y seguros.
Yo, particularmente, prefiero las pequeñas grietas que hay en el salón, los huecos en los armarios de la cocina o las tuberías del cuarto de baño. Pero no crean que mi vida es fácil. ¡No! En mi largo año de existencia puedo llegar a tener hasta cuatrocientos hijos. Así que, como se pueden imaginar, me paso el día rodeada de cucarachitas y cucarachitos chillones a los que alimentar. Menos mal que, afortunadamente, se conforman con cualquier cosa. Lo mismo devoran una bola de pelusa que una viruta de cartón.

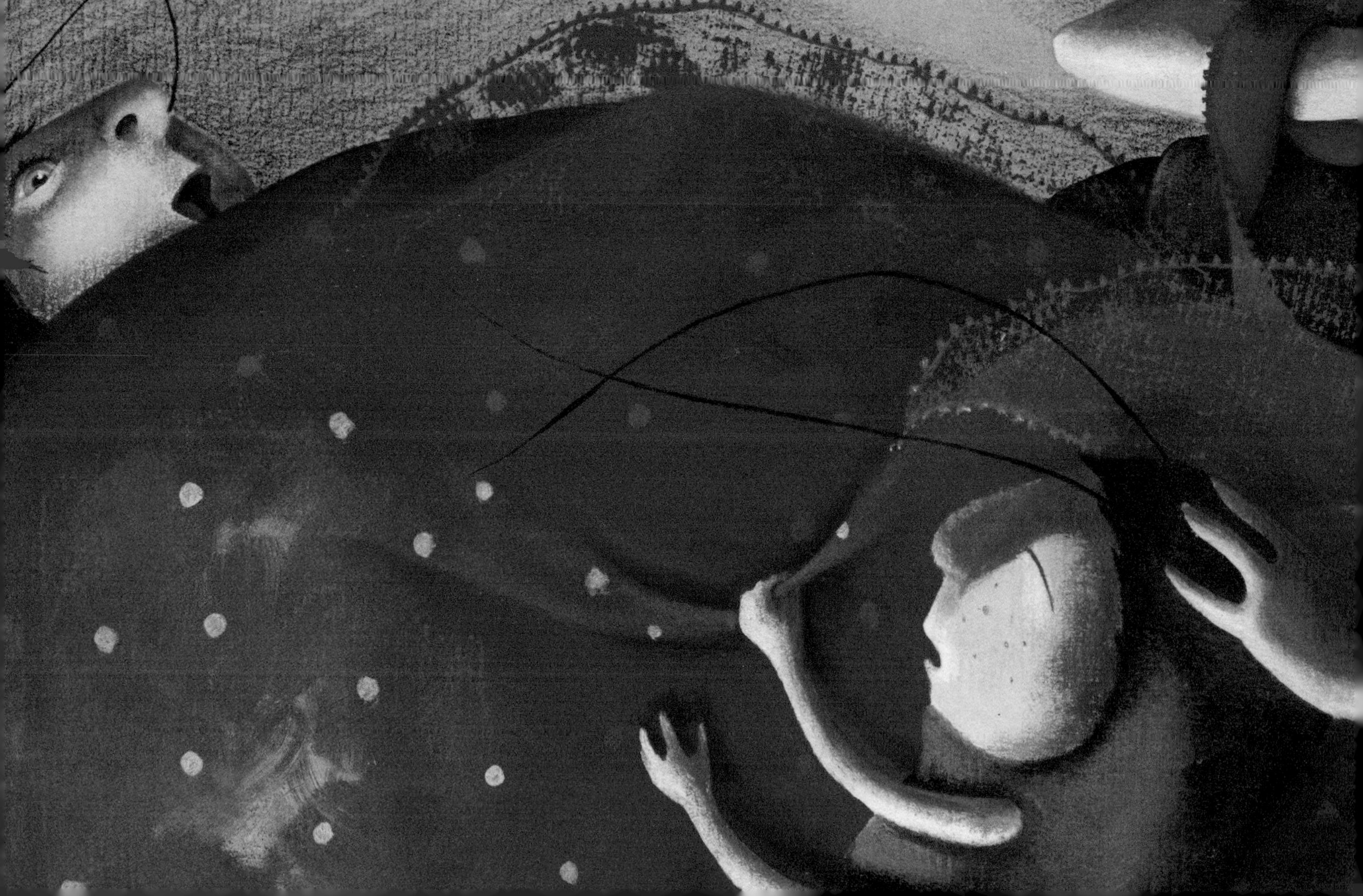

Aunque tengo fama de **NOCTÁMBULA,** soy una cucaracha formal y pacífica que no hace daño a nadie. No pico, como los mosquitos; no roo, como los ratones; tampoco molesto con mi canto ruidoso, como la chicharra...
Sin embargo, no sé por qué, los seres humanos me odian. Sí, sí, me detestan. Por alguna razón misteriosa, cada vez que me ven, chillan, gritan, hacen aspavientos y, en la mayor parte de los casos, terminan intentando aplastarme.

No es de extrañar que yo padezca **escobafobia.***

* un pánico terrible a las escobas.

Claro que los hay que prefieren eliminarme de un zapatazo o con uno de esos espráis que tanto miedo nos dan a las cucarachas domésticas. Pero bueno, después de todo, morir aplastada es mejor que hacerlo hirviendo lentamente en la olla de una bruja —a ellas les encanta echarnos a sus pociones—, o acabar frita en una sartén, como les ocurre a mis hermanas de países tropicales.
La verdad es que no puedo entenderlo, otros insectos parecidos a mí son queridos y apreciados por las personas. Mis primos los grillos, sin ir más lejos, les caen tan simpáticos que los cachorros humanos los adoptan y les dan de comer amorosamente trocitos de tomate fresco. Fíjense si son populares que uno de ellos, Pepito Grillo, fue actor principal de una famosa película y desde entonces no hace más que firmar autógrafos. ¡Si hasta se ha comprado una lujosa mansión en Miami...!

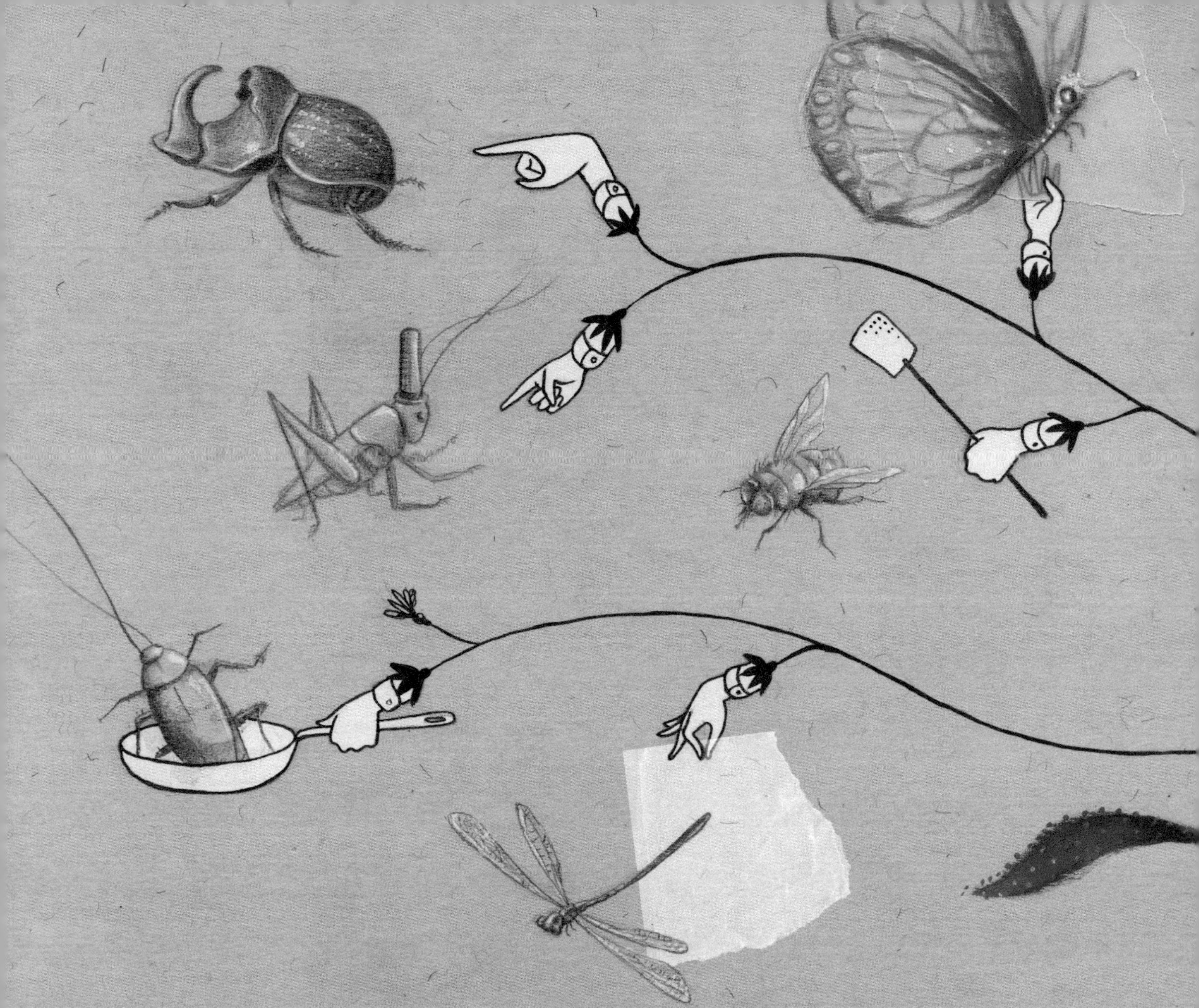

Y qué decir de mis parientes los escarabajos. En Egipto eran animales sagrados y los trataban a cuerpo de rey. ¡Qué envidia! A mí, sin embargo, todos me consideran un ser repugnante y asqueroso; y para una vez que hablan de mí en una canción, me faltan las dos patitas de atrás...

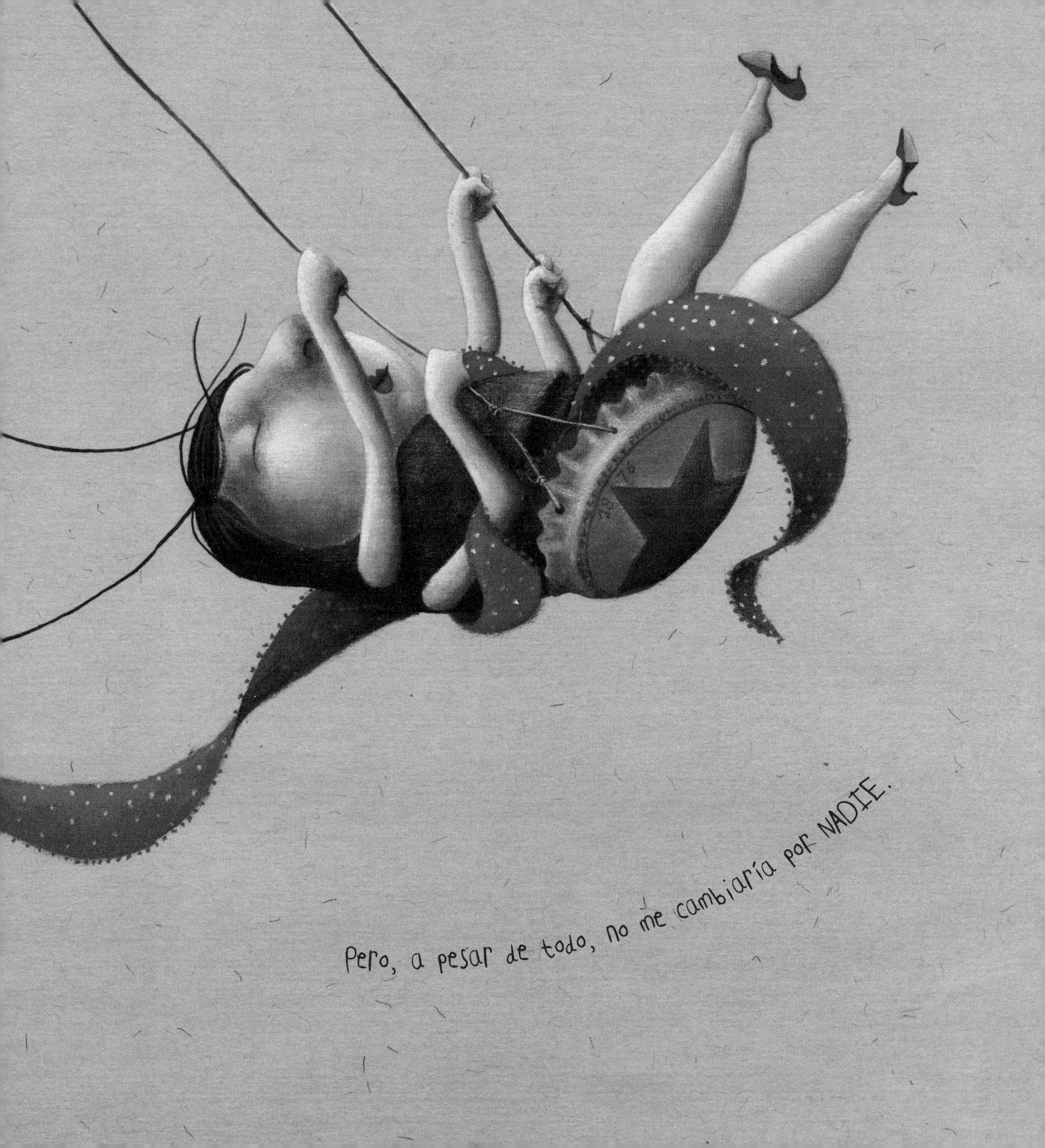
Pero, a pesar de todo, no me cambiaría por NADIE.

Y es que no siempre he sido una cucaracha...
Una vez fui princesa. La princesa Anastasia.
Resulta que una noche de invierno, mientras
abandonaba mi escondite para buscar comida en
el cubo de la basura y me quejaba de mi suerte,
el hada Brunilda, la decana de la Academia de
Magia, oyó mis lamentos y se compadeció de mí.
Ni corta ni perezosa, empuñó su varita, la agitó
en el aire y pronunció unas palabras mágicas:

A esta triste cucaracha
la transformaré en muchacha,
princesa de Tarantino,
un reino del quinto pino.

En menos que ladra un perro o una vaca dice mu,
me ví convertida en una princesa de las que viven
en castillos y duermen en camas con dosel.

2kg
500
1kg
26·1KG
NET
WEIGHT
GOO

No
min. 15cm
90°

Creen que ser princesa es el oficio más bonito del mundo, ¿verdad?

Pues están muy equivocados.

No lo es en absoluto, al menos para mí.

—Anastasia, deja de tocarte la nariz —me gritaba el aya.
—Anastasia, no te rías a carcajadas —me aconsejaba el mayordomo.
—Anastasia, anda derecha —me recriminaba el senescal.
—Anastasia, no frunzas el ceño —me pedía el primer ministro.

Y entre gritos, consejos, recriminaciones y peticiones, las ayas, los mayordomos, los senescales y los ministros me tenían hasta la punta de la corona. Me pasaba el día de aquí para allá con tacones que me apretaban terriblemente los juanetes y vestidos que se me enredaban entre los pies y a menudo me hacían darme de narices contra el suelo. Mas no era este el único inconveniente de mi principesca vida...

No podía rascarme la nariz si me picaba, no podía bostezar y, por supuesto, mucho menos tirarme un pedo. ¡Una princesa jamás tiene unas necesidades tan vulgares! Y por si esto fuera poco, debía sonreír todo el rato a monarcas a los que no había visto en mi vida y que me aburrían soberanamente, nunca mejor dicho.

¡nunca!

—Anastasia, mañana vendrá a presentarnos sus respetos tu futuro marido —me anunció una mañana mi papá.
¡Aquello fue lo peor de todo! Mi pretendiente era un príncipe cursi y remilgado que no hacía más que repeinarse el copete, ajustarse la capa de armiño y mostrar al mundo su mejor perfil, que, por cierto, era el derecho. Además, Borja, que así se llamaba el príncipe, hablaba hasta por los codos.

ablá
blablablá
blabla blá

Su cháchara
incontenible
me despertaba
tremendos dolores
de cabeza.
Y no había tisana,
jarabe ni hierba mágica
capaces de calmarlos.

Blabla

Mis ayes y mis gemidos eran tan desesperados que llegaron a oídos del hada Brunilda.
—Esto lo arreglo yo en un periquete —dijo agarrándose el cucurucho.

A esta princesa llorosa
la convertiré en famosa
y en la **más rica** del mundo.
¡Todo en menos de un segundo!

«¡Vaya suerte!», pensarán ustedes. «¡Debe de ser una maravilla ser rica y famosa!». Nada más lejos de la realidad. Con la magia del hada, me convertí de buenas a primeras en la descendiente de la conocida familia de los Caspones, hija, nieta, bisnieta y tataranieta de Caspones.

Vivía en un **palacio** con cinco comedores—uno para el desayuno, otro para el tentempié, otro para el almuerzo, otro para la merienda y otro para la cena—, diez cuartos de baño, treinta dormitorios, tres salones de baile, seis despachos, cuatro cocinas y **no sé cuántos** balcones.

Como la casa era enorme, a pesar de los trescientos guardianes que la custodiaban, me daba un miedo terrible vivir allí. Me pasaba el día y la noche de habitación en habitación, de salón en salón, y de despacho en despacho, comprobando que ningún intruso se hubiera colado en ella.

Y como no podía dejar de recorrer pasillos y de subir escalones, no tenía ni un momento para descansar. Y como no tenía ni un momento para descansar, estaba agotada. Y como estaba agotada, me quedaba dormida en cualquier rincón y mis ronquidos se oían en siete kilómetros a la redonda.

ESC
HOT
EXTR
el Periodico
Anastasia C
sia?

8

Y qué decir de los **periodistas.**
9
Si salía al jardín, me encontraba a dos escondidos en los setos, otro agachado detrás de la fuente y un tercero vestido de verde camuflado entre las plantas.
10
Si iba a comer a un restaurante, en la mesa de al lado había cuatro fotógrafos apuntándome con sus cámaras.
11
Si intentaba dar un paseo, las alcachofas de los micrófonos no me dejaban dar un paso.

12
¡Menudo rollo de vida! ¡Aquello no había quien lo aguantara! Un día, en la cima de mi angustia, no pude evitar arremeter contra el hada, a la que consideraba causante de todas mis desgracias.
13

14
Maldita sea la hora en que conocí a Brunilda. Ojalá hubiera utilizado su varita para hacer calceta.

15

16

WOW! MAGAZINE

Daily N

Mis palabras fueron oídas por el jardinero real, que se las transmitió al lacayo, el lacayo a la doncella, la doncella al pescadero, el pescadero al frutero, el frutero al hada Fermina y el hada Fermina al hada Brunilda, que, presa de un monumental ataque de ira, bramó su hechizo:

Que se transforme esta ingrata,
no en rana, babosa o rata,
sino en cucaracha infecta.
¡Yo soy un hada perfecta!

Así que, gracias al enfado de la hadita, volví a ser, por fin, una cucaracha. ¡Uf! ¡Qué descanso! Ser una cucaracha tiene sus inconvenientes, pero resultan insignificantes si los comparamos con los de ser una princesa o una ricachona famosa.

En aquella ocasión no me alojé en un enorme castillo, ni en un lujoso palacio, sino en un agujerito en la alacena de una humilde casa. En mi nuevo hogar vivían Lucas y Cata, un matrimonio joven y dinámico que no paraba en todo el día:

—Cariño, voy a mis clases de inglés.
—Amor, no olvides que cuando termine de trabajar, me pasaré por el gimnasio.

Lucas y Cata tenían una hija de dos años llamada Julia, una pequeña pizpireta y alegre que daba vueltas por la casa curioseándolo todo. Era el único ser humano por el que me dejaba ver. Cuando me encontraba con ella por el pasillo, la niña se reía a carcajadas señalándome con su dedito.

¡Me hacía tan feliz...!

Y con ellos vivía desde hacía unos años Paula, la mamá de Cata, que contaba unos cuentos divertidísimos. Últimamente, los enormes despistes de la viejita señora habían empezado a preocupar al matrimonio.

—Hoy la abuela ha vuelto a echarle azúcar al guiso —contaba Cata.
—Ayer confundió la pimienta molida con la canela y la espolvoreó sobre las natillas —apoyaba su marido—. Esto no puede seguir así. Con mucha delicadeza, le tenemos que sugerir que no vuelva a entrar en la cocina.

Pero a la abuela no había quien la separara de sus hornillos y cazuelas. Había sido una cocinera fantástica. De joven ganó varias veces el primer premio de repostería del pueblo, y su arroz al horno era famoso en toda la provincia. Así que, una mañana, cuando Cata y Lucas se fueron a trabajar y dejaron a Julia en el cole, Paula se metió en la cocina a preparar un guiso.

Yo la observaba desde mi grieta en la alacena. La abuela, mientras canturreaba una canción, iba echando a la olla los ingredientes: los puerros, el apio, el pollo, las zanahorias, los tomates...

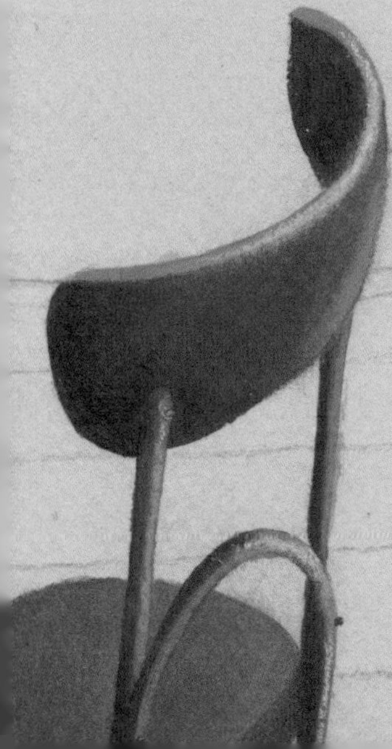

SMUG

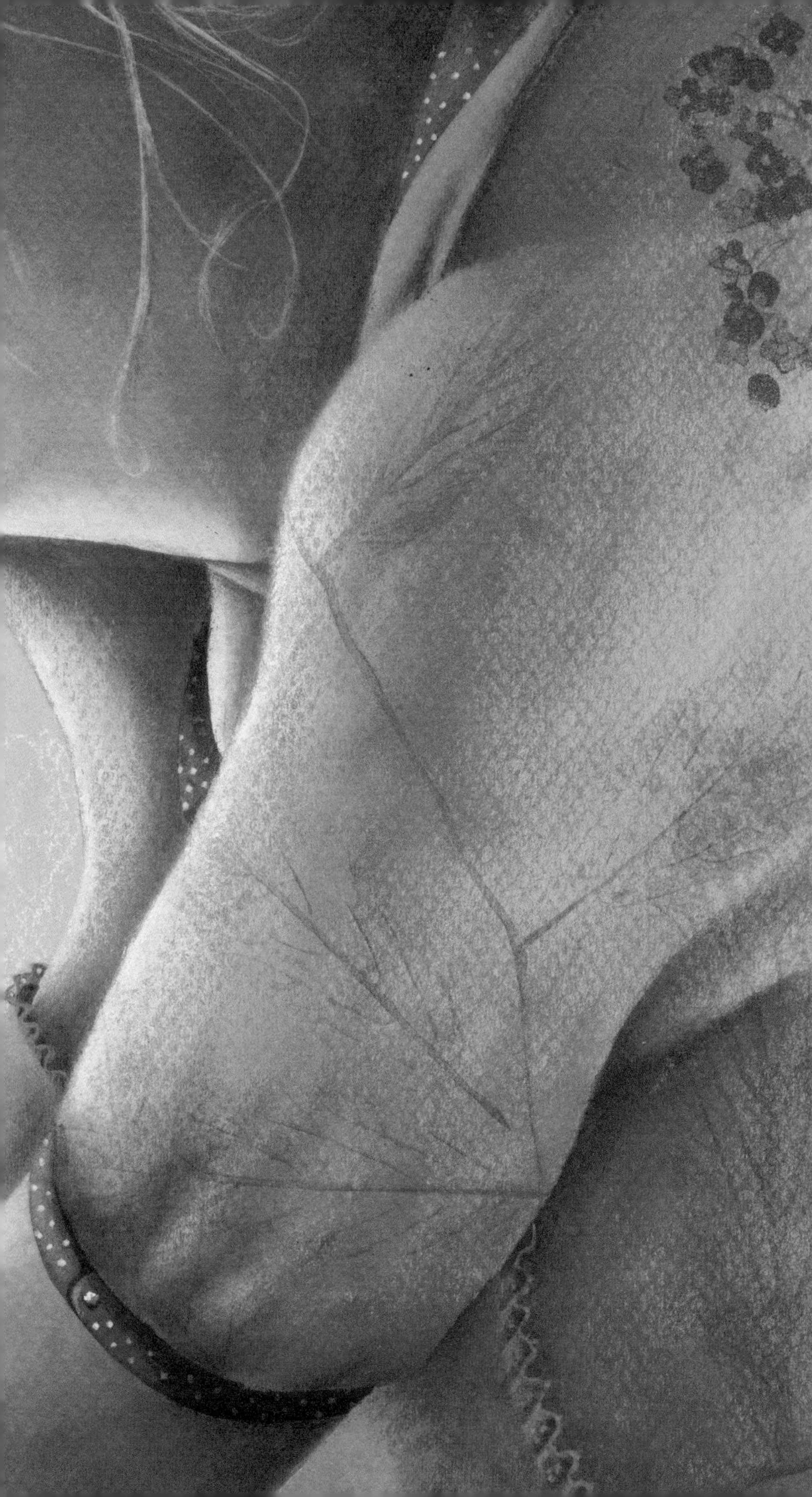

Cuando llegó el momento de añadir la sal, Paula se distrajo, le revolotearon **mariposas en la cabeza**, y abrió el armario de la limpieza en lugar del de la comida. Allí, bajo mi atenta y alarmada mirada, tomó los polvos de matar hormigas, en vez de la sal, y añadió un buen puñado a la cazuela.

—¡Abuela Paula!
—¡Abuela Paula!
—gritaba yo con todas mis fuerzas, pero la abuela no me oía. Claro, que yo sepa ningún ser humano oyó jamás los gritos de una cucaracha.
Una espeluznante tragedia estaba a punto de suceder, y yo era la única capaz de evitarla. Tenía que impedir que la familia se tomara la sopa, pero... ¿cómo?

Después de darle vueltas y vueltas a mi cabeza de cucaracha, se me ocurrió por fin una idea brillante y volé para llevarla a cabo. Sin que la abuela me viera, me posé en el borde de la olla y me tiré de cabeza a su interior, pronunciando mis últimas palabras:

!Al agua, pato, mejor dicho, cucaracha¡

Como todo el mundo sabe, las cucarachas no tienen ni idea de natación, por lo que no tardé mucho en ahogarme en el caldo.

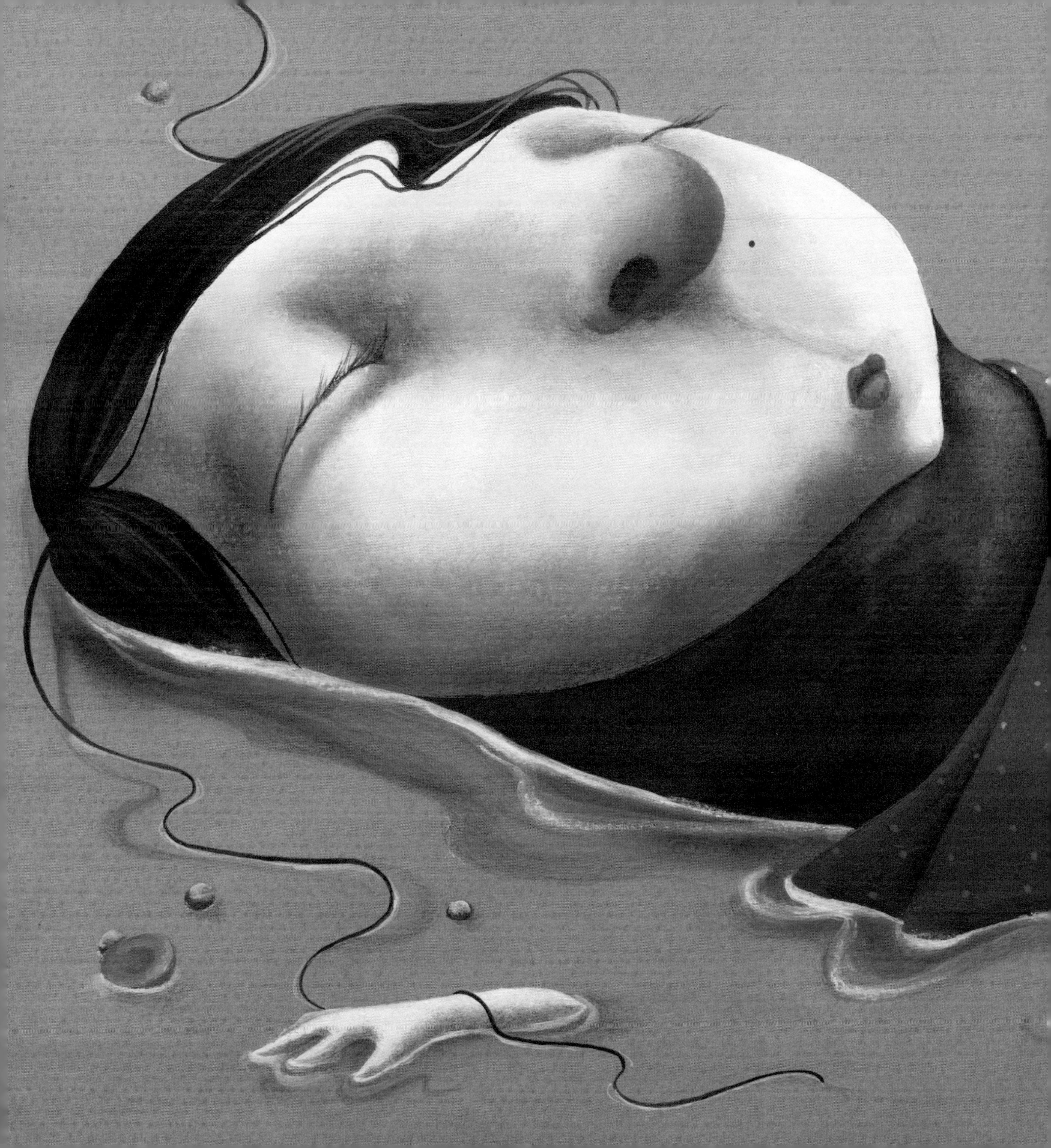

Lo que vino a continuación me lo puedo imaginar. La abuela Paula llevó la olla a la mesa, alguien me vio flotando, dio un grito de terror y echaron la sopa, conmigo dentro, por la taza del váter. De ese momento recuerdo el ruido de la cisterna y la voz lejana y celestial del hada Brunilda, como venida de otro mundo, que decía:
—Anastasia, has dado tu vida por los demás. En premio a tu buena acción, dejarás de ser una insignificante cucaracha y te volveré a transformar en... ¡PRINCESA!

¡En princesa! **¡Otra vez!** ¡Ni hablar! ¡Por nada del mundo! Yo quiero seguir siendo lo que soy: una cucaracha doméstica.

Bien mirado, esto de ser cucaracha no está tan mal: puedo vivir en libertad, sin que nadie me diga lo que tengo que hacer; disfruto de mis largos paseos por la casa a la luz de la luna; vuelo cuando se me antoja; me río con las travesuras de mis cucarachitas y cucarachitos, y, de vez en cuando, ayudo a algún ser humano que me necesita.